저동항에
매달린
쪽배

A Little Boat
Hanging onto Jeodong Pier

Collected Poems of Dongsim Kim

A Little Boat Hanging onto Jeodong Pier / Dongsim Kim

ISBN: 978-89-93596-76-2 (03810)

Publisher: PRUNSOL Publishing Co.

Address: #302 Byulkwan, Geunshin Bldg., 20 Samgae-ro, Mapo-gu, Seoul, 04173, Rep. of KOREA

Tel: 82-2-704-2571, 715-2473

김동심 한영 시선
저동항에 매달린 쪽배

2017년 4월 12일 초판 인쇄
2017년 4월 21일 초판 발행

저자 김동심 **영문 역자** 윤정원 **발행자** 박흥주
발행처 도서출판 푸른솔 **편집부** 715-2493 **영업부** 704-2571 **팩스** 3273-4649
주소 서울시 마포구 삼개로 20 근신빌딩 별관 302호
디자인 여백 커뮤니케이션
등록번호 제 1-825 호
© 김동심 2017

값 10,000원
ISBN: 978-89-93596-76-2 (03810)

김동심 한영 시선 Collected Poems of Dongsim Kim

저동항에
매달린
쪽배

A Little Boat
Hanging onto Jeodong Pier

시인 김동심 By Dongsim Kim

번역 윤정원 Translated by Jeongwon Yoon

푸른솔

머리말

사람은 말을 할 수 있고 체면과 부끄러움을 알며 타인을 헤아리는 공감 능력이 있으므로 만물의 영장이라 했을 것이다. 그러나 요즈음 사회는 신뢰와 순리를 저버린 마음이 병든 일부 사람들이 있다. 이들은 권력과 부의 욕망을 채우기 위한 갖가지 거짓말과 비속어들로 세상을 어지럽힌다. 우리는 이들의 불합리한 처세가 보고 싶지 않은 연극을 보는 것 같아 때로는 일상이 몹시 괴롭다. 자신의 인생을 공경하며 진실했다면 무엇이 두려워 거짓말을 하겠는가. 욕심이 과하면 인생에서 소중한 것을 잃게 된다. 딱따구리 새는 몸집이 작은 동구비가 자신의 둥지에서 먹이를 쪼아 먹어도 짐짓 모른 체 서로 상생을 존중해 배려하며 힘자랑하고 군림하지 않는다. 하물며 만물의 영장인 사람이 새들의 세계보다 못해서야 되겠는가. 군림의 끝은 파멸이지만 덕의 끝은 희망이다. "말 한마디에 천 냥 빚을 갚는다.""콩 한 쪽도 나누어 먹는다"는 우리 속담의 옛 시대가 참으로 그리워진다. 보석 같은 입으로 말 보시 많이 하면 자신의 복으로 되돌아가고, 나눔 역시 참 행복한 것이다. 부처님의 진리에는 윤회가 있고 예수님과 마호메트님의 진리에는 천국이 있듯이, 분명 우주의 법칙이 있음을 깨우치고 선을 새기며 사회에 기여하는 정의로운 사람들이 많아야 나라가 행복해질 것이다. 저는 온 국민이 평등하고 푸른 하늘처럼 깨끗하고 높은 기상의 나라가 되길 소원한다. 끝으로 번역을 도와준 아들 윤정원 박사에게 신의 축복을 간절히 기원하며, 출판을 도와준 여러분들에게 감사드린다. 독자 여러분, 날마다 좋은날만 되소서.

2017년 4월 김동심

Preface

Human is called as the lord of creation because we have an ability of communication and of perception of the dignity, the disgrace and the empathy for others. However society nowadays completely ignores trust and rational perception as if there are full of people with a diseased mind. The world is in chaos with full of lies and fraud to fill these people's greedy desire for the power and the wealth for themselves. We are in agony by watching this unwanted drama in theatre. If these people are sincere on their life, why would they lie all the time. Too much greed will eventually let them lose the most precious thing in their life. A woodpecker lets smaller birds peck in their nest and do not chase them out. We can learn from a woodpecker about respect, humility and a virtue of sharing. I can not imagine that the human being is inferior than a woodpecker. Reign ends with doom but a virtue ends with hope. As old proverb says "A soft word turns away wrath" and "A friend who shares is a friend who cares," I miss our ancestors in the agrarian age who cared others so much. It returns as a blessing for each of us if we bless each other. Sharing becomes the happiness. Buddha's teaching on Karma, Jesus' and Mohammed's lesson on Heaven taught human beings about the existence of universal law that more people with justice contribute themselves to make a better world. I wish my country becomes the nation of the equality and the rising state as clean as the blue sky. Finally, I would like to wish for the blessing to my son who has been of invaluable help for the translation of my book. In addition, I would like to express my sincere gratitude to all who have helped in publishing the book. Dear readers, wishing you for the best, every single day.

In April, 2017, Dongsim Kim

번역자의 글

어머니의 시를 번역하게 된 건 영광이다. 원래 시를 좋아하긴 했지만 번역은 또 다른 창작이라 많이 두려웠다. 원작의 의미를 전달하지 못할지도 모른다는 두려움이 있었고, 언어의 절제, 유희, 감성 등이 생명인 시를 제대로 번역해서 전달하지 못하고 엉뚱한 옷을 입혀 그 의미가 왜곡될까 두려웠다. 그럼에도 감히 이 일에 도전한 것은 내가 느낀 희열을 외국인들과도 나누고 싶었기 때문이다. 어머니의 시는 무겁게 느껴지지 않지만 많은 의미가 담겨 있어 다시 읽을수록 향기가 나는 시다. 한국인 고유의 서정성이 깊이 녹아들어 있다. 현 한국의 부패와 권력에 미쳐 있는 속인들의 삶부터 역사의 비극과 가족애, 그리고 아름다운 자연에 이르기까지 이 세상 모든 것이 당신께는 아름다운 언어의 채색 대상이다. 그런 점에서 번역은 즐거운 고통이었다. 기나긴 번역을 마치고 두려운 마음에 보여준 번역본을 읽고 따뜻한 감흥과 응원을 전해준 캐나다 알렉산더 대학의 그레고리 포코니께도 지면을 빌어 감사드린다. 혹여 부족한 오역으로 불편하신 점이 있더라도 독자 여러분들께 너그러운 이해를 구한다.

Prelude

It is such an honour for me to have an opportunity to translate her poems. I was afraid of the work because a translation requires a certain level of creativity of the subject literature. I was afraid that my translation might be wrongly deliver the original meanings and even twist the semantics by transforming it improperly because the very life of poem depends on sensibility, emotions, amusement and abstinence of language. Even so, I dared to challenge this task in order to share my joy of reading with people of language barriers. Her poem is not heavy but delightfully meaningful with scent. Reading it several times, the scent and joy becomes humble but sharp, and beautiful but logical. Lyrical sentiment of Korean is deeply melted inside the poems. For her, every object from corruptive life of powers, tragedy of history, and family to nature can be subjects of her beautiful language paintings. With this fact in my mind, the translation was joyful pain. After the long journey of translation, I'd like to thank Gregory Pokorny of Alexander College in Canada who showed his strong support and inspiration on my humble work. I ask for your understanding even there is a lack of representation due to my limited capability to translate her wonderful poems.

표지화 소개

전완식 교수의 표지화 "저동항에 매달린 쪽배"는 동
명의 시를 모티브로 하여 쪽배처럼 가볍게 시류에
얹혀 사는 속인들의 삶을 묘사하였다. 비오는 뉴욕
소호를 배경으로 멀리 비치는 양심의 밝은 빛을 외
면하는 속인들조차 회오리치는 마음속 갈등에 고뇌
하는 모습을 그렸다.

60.6cm X 72.7cm Oil on Canvas−2017

전완식: 현재 한성대학교 교수로 재직하고 있으며 예술대학원장을 역임
하였다.

Cover Painting

Kai Jun's cover painting motivated by Ms. Dongsim Kim's title poem of the book describes people who drift like a little boat for their success without conscience. With background of rainy Soho street of New York, lights from the distance between buildings representing conscience are denied by the drifter. But at the same time the drifter is in agony with swirling struggles inside.

60.6cm X 72.7cm Oil on Canvas—2017

Kai Jun: He teaches as a full time professor in Hansung University and had served as a Dean of College of Arts previously.

Tables

⟨**석양** The Setting Sun⟩

〈독도 Dokdo Island〉

〈사랑과 이별 Farewell with Love〉

저동항에
매달린
쪽배

A Little Boat
Hanging onto Jeodong Pier

저동항에 매달린 쪽배

그들이 네 마음을
아프게 할지라도
괴로워 말라.
아픈 기억 가슴에
새기지 말라.

욕망으로 가득한 사람들
누구나 한번쯤 피 끓여
가슴 적셔 울 때가 있다.

고해로운 항로에
어찌 파도 없이
건널 수 있으리.

풍랑 일렁이는 날
저동항에 매달린 쪽배처럼
가벼운 사람들이기에
그대로 흘러가는
인연들뿐이다.

기본적인 양심도
사라진 세상

내일의 운명도 모른 채
오늘에 너무 오만하고

영화로운 그 시간들
지난밤 여름날
소낙비 같은 것이었다.

A Little Boat Hanging onto Jeodong Pier

Don't be in pain though
They leave you heartbroken.

Don't engrave the memory of
Pain in your heart.

There are times when
They cry out loud,
Wetting their hearts with tears even
With blood boiling greed.

Through the weary sailing,
How could you sail across
Without getting through the windy waves.

On a stormy day of heavy seas
Just like a little boat hanging onto Jeodong Pier,
They are frivolous beings

They are nothing but karmas
Eventually being drifted away.

This world leaves behind a minimal conscience

Without knowing the faith of tomorrow
Too proud of today,

The days of prosperity were
Just like a sudden rainfall of the
Last night of summer.

떡국

동그랗고 하얀 떡국
김이 모락모락 피어오르고
삼색 고명 가지런히 예쁘고 정갈해
숟가락 넣기가 망설여진다.

엄마와 언니가 떡 썰기를 했던 그때
어제인 듯 생생히 떠오른다.
그들을 위한 아픈 세월
바람에 연기가 된다 해도
미움 없는 사랑만 하리.

나비가 날아오른 듯 샛노란 난꽃에
빛살 드리운 긴 그림자만 나와 함께 할 뿐
삶의 기다림 늘 허기진 가슴
이 해도 소식이 없다.

온 세상 끌어안은 햇님의 황금빛 옷자락이
따뜻하고 포근히 품어 안아주니
이처럼 소중한 존재인 것을
나 이제야 알겠노라.

고요한 설날 햇님과 삼매에 젖어드니
외로움은 평화로운 시간이었다
가족은 있다 한들 없다 한들
인생은 고독이다.

Tteokguk
(Rice Cake Soup)

Round and white tteokguk soup
With hot steam up in the air,
Has three colored toppings evenly sat with
    trimmed beauty
I hesitate to spoon in.

The vivid memory bursts on
That single moment seemed like yesterday.
When mother and sister sliced rice cake together,
Even aching memory of my life for them
Is becoming a streak of smoke
I give only love without hatred and remorse.

Only long shadow over shining lights hanging
    down to
Vivid yellow orchid flower just like butterfly
    sitting on it

Stays with me.

There are no tidings even this year,

Awaiting life makes my heart starve as always.

I, now, realize how precious I am because

The golden hem of the merciful sun

That embraced the whole world

Holds me in softly and genially.

In a serene lunar new year's day,

I immersed into absorption with the merciful sun.

Loneliness became the time of peace,

Life became loneliness with or without my family.

송편

곱게 빻은 하얀 쌀가루에
파란 쑥과 백년초 물들인
삼색 송편

고소한 참깨
부드러운 동부콩 속고물 넣고,

기다림도 행복한 이 좋은 날
어느덧 해는 서산에 걸려 있고
솔잎 향기 머금은 반달 같이 예쁜 송편
꾸덕꾸덕 굳어지니
내 눈에 이슬 맺힌다.

십오야 밝은 달만 은빛으로
세상을 가득 채워주는 자연의 법칙,
바다의 밀물이 스며들 듯
서운함은 뼛속까지 시리고

생각은 너희가 이해되지만
내 심장은 뜨겁게 뛰고 있다.

흩어진 마음 따듯하게 어루만지듯
환한 둥근 달 국화꽃 찻잔에 얼비추고
어차피 인생은 홀로 왔다 홀로 떠나는 것,
고독한 추석은
나를 돌볼 수 있는
여유로운 숲속의 아침이다.

Songpyeon

(Pine Tree Rice Cake)

Songpyeon dyed blue and pink with
Mugwort and Opuntia over
Softly pounded rice flour

Stuffing pastes of savory sesame seeds and
Softly pounded cowpea flour,

Even the long wait makes the day a joy
Suddenly the sun is hanging over the mountains
Just like a half-moon holding the aroma of a pine tree.
Such pretty Songpyeon becomes hardened
Teardrops welling up in my eyes.

Silver lighting from a full-moon
Is filling up a whole world as
Nature teaches us
Bone-chilled regret rising like a high tide

My heart is feverishly flowing though
My rationale accepts you.

So bright and round moon
Is reflected on my teacup,
Being painted it with chrysanthemum;
Touching broken pieces of my heart
Warmly and softly.

Lonely Thanksgiving day
Is the relax morning of forest;
Caring for myself
Life comes and goes by
I'm all alone.

운명의 기다림

먼발치 무채색 산골짜기에
아직도 춘설이 하얗게 쌓여 있다

절개의 매화꽃 봉오리 햇님보며
촛불처럼 빛나고
봄은 가만히 오시는가

따뜻한 햇살만이 한결같다

그렇게 힘차고 당당했던
젊음과 영화도
세월과 함께 묻히고

골수가 마른 긴 기다림 속에
살아서 좋은 일 반도 못하고
마음의 봄은 멀게만 느껴지는데
층층이 흘러가는 구름 속으로

쓸쓸이 지는 노을이 서글프다

운명의 기다림
인내의 바람
찬 서리 견디어
눈 속에 피는 샛노란 복수초처럼
그날 오시는 님을 영접하리라

The Long Awaited Destiny

A valley with achromatic color from a long distance
Be piled still with pure-white spring snow

A bud of Oriental plum flower
Representing fidelity and integrity;
Gazing up at the sun;
Glowing like a candlelight;
Spring comes silently

Same is a genial sunlight as always,
Youth and prosperity with
Power and confidence
Being buried under years

During the long wait piercing into the marrow
Spring in my mind is still far away cause
Half-done is only the good thing in this life.

Sun is sadly setting into the flowing layers of clouds.

Standing against the frosty days,
The long awaited destiny
The wind of patience
I will receive the one on the day just like
A bright yellow pheasant's-eye blooming in the snow.

만추

깊고 그윽한 산속에
가을빛 고운 잎 한껏 가득하다.

하늘을 향한 천년 고목에서도
간절한 염원 피어오른 듯
떨어지는 나뭇잎도 바람에 날아오른다.

산 아래 정겨운 돌담 낮은 집
만추의 바람
대 이파리 사각거리어
지는 노을이
추녀마루 노인의 주름진 얼굴에
슬프게 감긴다.

Late Fall

Deep-down in the mountains
Leaves charmed with the glow of fall
Filling itself out.

Just like earnest wishes blooming upward
Falling leaves flying upward by wind.

A cozy little cabin with a low pebble fence
Wind of late fall
Makes bamboo leaves rustle,

The setting sun is sadly
Embracing the face of the old man under eaves.

낙타 바늘구멍

연못이 깊어야 물고기가 모여들고
숲이 우거져야 짐승이 많듯이
사람도 가난한 이들 도우는 것
풍족한 사람들이
더 많이 내어주는 것이 진리다.

세속의 재벌들이여!
그대들 재물,
혼자 힘으로 얻어진 것 아니라오

이 세상 누구라도
저승길은 반드시 가는 것
그때는 모든 것
세상에 놓고 가지요

살아서 현인의 길 가시어
낙타의 바늘구멍 열리게 하여
천국으로 가는 축복의 길 만드소서!

Camel at the Needle Eye

Fish gather only if the pond is deep enough
Animal flourishes only if the forest is overgrown
As the haves help the have-nots
The principle says the wealthy should give out more.

The rich in your mundane lives!
The wealth of yours
Is not earned alone.

Whoever in their lives
Be ready for the journey to the next world
By then, you will have left behind everything

Choose the road of the wisdom now
Pave the blessed road to the next world then by
Opening up the eye of the needle for the camels.

군자의 꽃

녹음 짙은 자연 앞에 서니
수구초심(首丘初心)에 가슴 저리고
진흙 속에 연잎 우거져
요염하지도 역겨운 향기도 아닌
수련수련 청아한 모습
향기 또한 어머니 내음 같고
멀리멀리 떠나가 있어도
진하게 남아 있는 고귀한 군자의 꽃
강렬한 햇살 하얀 연꽃 위에
아들의 얼굴 반짝이네.

Flower of A Man of Virtue

Standing at a general verdure
Nostalgia makes me heart ache
Lotus leaves being buried in mud,
Refined Silhouette of a water lily
Is not enticing with a no nauseous aroma
Just like Mother's scent.
Having been so far away, away
Flower of A Man of Virtue is engraved in me vividly
Over a white lotus flower by the bright sunlight
A son's face glitters.

모정의 꽃씨

그처럼 풍성하고 아름다웠던 가을도 떠나고
고적한 산길에 떨어져 삭혀진 나뭇잎
투명한 살얼음 덮고 잠들어 있다.

풋풋하게 빛나던 모습들
젖은 나의 숨결 속에 그리움만 쌓이고
힘들고 서글픈 마음 움켜쥔
가슴 터진 쓰디쓴 기다림
내 삶이 몹시도 밉지만
운명이라면 이 겨울 또 기다려 보리라.

가마솥에 긴 시간 단 내음 풍기는
매주 콩 삶으며 동지섣달 잘 띄워
춘삼월 장 담는 좋은 날
제비와 함께 네 돌아오는 그날을 위한 모정에 꽃씨
심으리.

기다림에 병든 내 영혼을 쉬게 하리라.

Flower Seeds of Maternal Love

Left behind the autumn of so much ample beauty
Fermented autumnal leaves fallen over a lonesome
    mountain path
Fell asleep with transparent ice blanket.

Vividly shined looks
Yearning piled up while my breadth became moist
While a clenching exhausted, lonely heart
Bitterness awaits making my heart broken
Resenting my life
Although this is the destiny
Even this winter, I await.

Simmering soy bean in cauldron
Makes sweet aroma floating
Fermenting afterwards through coldest month of
    the winter
The day I make soy sauce when the spring comes

The day you come back home with swallows
I will plant the flower seeds in maternal love.

I will let my wounded soul rest in peace.

꽃과 나무의 희생

변화무쌍한 세상에서
변치 않고 피고 지는 꽃과 나무들
황무지 같은 긴 겨울 눈바람 꽃샘바람에
마디마디 부서지는 고통
뜨겁게 견디는 희생의 시간 지나
사월이 탄생하니
색의 소리가 봄날의 합창이다.

노란 산수유 꽃망울 탬버린 소리로
잠자는 목련을 깨우니
밤하늘의 달처럼
하얀 목련 북소리 둥둥
자정 향기 속에
고단한 영혼들 땅을 치며 춤추고
구름 같은 세월 그 누구 탓하리.

우리네 인생도 꽃과 나무처럼
희생 없는 사랑은 사랑이 아니었다.

Sacrifice of Flowers and Trees

In the Kaleidoscopic world of ours
Immutable blooming and falling of flowers and
    trees
Long lasting winter's blizzard reminds me of a
    wasteland
Every single joint crushed with excruciating pain
Passing through an enduring sacrifice
Yet April is born
Sound of color becomes a spring chorus.

Yellow flower buds of cornelian cherry
Waking up the sleepy magnolia with tambourine
    sounds
Ivory magnolia resembling a night moon
Is drumming, drumming, drumming
Amid the scent of midnight
Exhausted souls tapping the grounds for dancing
Time flies away as clouds
Who should be blamed for this.

As flowers and trees
Love without sacrifice is not a love, we say.

아버지

사랑채 섬돌 위에 하얀 고무신
그 흰 고무신만 보아도
옷매무새를 고친다.

말없이 미소 지으시며
보시기만 해도
나는 두 손이 모아진다.

아버지가 날 보고 웃으시면
내 가슴은 희망으로 가득차고

아버지가 성내시면
지진으로 지구가 가라앉는다.

Father

White rubber shoes
Sitting on a stepping stone of my father's house
Whenever I see it
I tidy myself up.

Grinning without a single word
Whenever my father looks at me
I humbly cup my hands.

Whenever my dad looks and smiles at me
I fill my heart with hope.

Whenever my dad becomes upset
I say the earth sinks like a earthquake.

수염

그대는 수염 난 사나이
고달픈 삶
한밤중 선잠깨어
시중도 마다하지 않았소
동지섣달 흰눈 쌓인 밤
날 새워 간호하며
밤새워 기도드리고
내 몸보다 더 사랑했는데
그대는 수염 값도 못하는
사나이가 되어버렸소
나그네 같은 그대의 삶
당신을 기다리다
그만 외로운 나그네가 되어버렸소

Beard

Man with a beard
Amid a harsh life
Waking up in the middle of the night
I've never minded
Taking care of you
A winter night of piled up white snow
Nursing him through the night
Praying for him through the night
Loving him through myself
You became a man with no beard
You are a wanderer.
Waiting for a man with beard
I have become a lonely wanderer.

"수염"에서 작가는 대상을 모두에 전제하면서 독자와 함께 시를 음미케 하고 있다. 시의 표현에 있어 자신감과 세련미가 돋보인다. [중략....] 좀 더 주목하여 보면 차원 높은 서정성으로 매끄럽게 표현하고 있어 매우 돋보인다. 이 이상은 더 설명할 수 없을 정도로 시적 감성을 도출시키고 있다.

허용우 시인, 극작가

딸에게

자식은 애물이란다.
어머니 말씀이 귓가에 생생히 스친다
예측할 수 없는 바람처럼
너는 언제나
나를 두렵고 놀라운 순간에서
뜨거운 눈물 흘리게 했다
오늘도 어둠이 드리운
창가를 서성이며
살이 타들어 가는 기다림의
긴 시간을 몸서리치고 있다
이 고통의 시간이 언제 끝이 나겠니?
네가 내 곁을 이제 떠난다 해도
잡고 싶은 마음이
없어지고 있는 현실이
두려워진다
가족의 행복이란 혼자 의지대로
지켜지는 것이 아니었다

석양

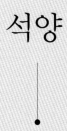

The Setting Sun

석양

새처럼 가냘픈
이 몸 보고
태산 같은 고통을
참으라고만 하네
오렌지 빛 하늘에
지는 해가
원망스럽다.

The Setting Sun

This body,
Fragile as a bird
Has yet to endure
Pain so immense.
I begrudge the setting sun
Against the orange sky.

비 내리는 밤

몇 날을 꾸준히 비가 내린다.
소리도 없이
나는 아주 조용히 비 내리는 밤마다
떠나간 사랑을 태워버렸지
태우고 태운 불길 속에서도
다 타지 않고 남은 돌같이 질긴 인연의 고리 한 쌍
텅 빈 가슴에는 비애로 얼룩지고
성내는 마음이 장애로
공덕이 무너진다 해도 맹렬히 타오르는
지옥의 불길은 어쩔 수 없어라
너와 내가 살고 있는 이 작은 궁전은
그대로 인해 끊임없이 변해버리니
우리가 존재하는 실체가 없어지고
당신의 어리석음이 불운으로 가고
그 어리석음으로 모두가 무너진다.

Rainy Night

Steadily the rain falls in the night
Without any sound.
I quietly burn away love departed
Each night the rain falls.
Still an unbreakable intertwined fate
Like a stone that would not be destroyed
Even in the relentlessly burning fire
Leaving a stain in an empty heart
A raging mind hindering those
Charitable deeds are lost in the
Fires of hell that rage unchecked.
This little palace where we live
Keeps changing because of you.
Erasing the substance of our existence,
Your foolishness becomes our misfortune
As it all crumbles to dust under its weight.

접시꽃 어머니 사랑

연분홍 빛 꽃망울 소담스러이
8월의 장대비가 한바탕 지나니
비에 젖은 접씨꽃

비로소 하늘을 향해 마음 열고
분홍빛 치마폭 활짝 피어
꽃 치마 주름 사이 웃음만 가득
빗물에 씻기워 마알간 잎새들
숲에 흘러드는 아늑한 향기
부드러운 바람 속에
자연의 시간 잡을 수 없는
세월의 더께로 그 모습이 변한다 해도
가슴속에 피어 있는
접씨꽃 사랑은 영원하리라

오늘도 꽃잎 아래 휘도는
소천의 물소리만은 맑고 깊구나.

A Holly Hock Maternal Love

Light pink flower bud in full blossom,
A holly hock wet from the rain
After the thick downpours of August passes by

Finally, opening up its heart to the sky in full
    blossom
The flower's pink skirt edges and
Full of laughter between the pleats
Clear leaves cleansed in rainwater,
Cozy scent floating from the woods;
Though its shape may change unbeknownst
Through the passage of time in nature ungraspable,
Let the love of a mother like a holly hock blooming
Within the bosom be eternal

The sound of the rivulet
Beneath the flower petals
Is as clear and deep as ever.

동백꽃

간밤에 내린 하얀 눈이 세상을 설원으로
백색의 절경 고적함까지 신비스럽다.

십여 년 전 고통의 바다 속에
나를 버리고 싶었을 때
동백꽃 몇 송이 달린 화분을
베란다에 놓았다.

북풍한설 몰아치는
대한(大寒)이 지난 이때가 오면
서설로 덮인 세상 아래
기품 있게 피어난 붉고 고운 동백꽃
가야할 때를 아는가?

꽃잎 하나 시듦 없어도
송이째 뚝 떨어져 땅으로 돌아간다.
떨어진 꽃잎은 아직 너무 선연해.

사연 많은 여인의 가슴속만큼
빠알간 꽃잎이 깊고 애잔하다.

Camellia Flower

Snow fallen from the night before
Has painted the world into a snowy field.
The beautiful white scenery
Lends a lonesome mystery.

When wanted to lose myself within a sea of pain
    a decade or so ago,
I placed a flower pot filled with a few
    camellia flowers on my veranda.

After the big cold that comes with cold north winds
    passes bellow,
The world covered in sanguine snow
Blooms sweet red camellia flower.
Does it know when to give up?

Even with no withered petals
It falls onto the ground in whole.

The fallen petal lies vivid still.

Like the heart of woman with much history,
The red flower petal is profound an melancholic.

어머니 I

떨어지는 낙엽 위로 보슬비가 내리고
그 위로 다시 서리가 내리고
그 위로 또 눈이 쌓입니다.

낙엽 내음이 사라지기도 전에
코끝이 찡한 눈 냄새가
눈물이 나도록 청명합니다.
눈이 녹을 새라 바라보는 사슴의 눈망울이
다시 촉촉이 젖을 때
소리 없이 봄비가 내리고 대지의 숨쉬는 소리는
내가 땅에서 왔음을 느끼게 해줍니다.

자연은 가만히 있는데
변하는 계절이 보는 이의 희노애락을
마음대로 늘이고 줄입니다.

푸른 잎이 하늘을 가리고
돌아온 녹음이 만물을 들뜨게 해도
또다시 떨어질 낙엽을 생각하며
어머니는 소리 없이 눈물 짓습니다.

Mother I

A drizzle falls on a falling leaf,
A frost falls on top of the leaf
And it is covered again with snow.

The smell of the snow touches the tip of my nose
Even before the scent of the fallen leaves goes away
So fair it brings tears to my eyes.
As the deer's intense gaze
As if to melt the snow turns moist and wet,
The silent spring rain and the breathing of the earth
Make me aware that I come from earth.

Nature though it stays unmoving
The changes of the season stretches and shortens
    at will
The emotions of those who look upon them when
    looked upon.

Though the green grass covers the sky
And the returning thaw brings restlessness to
    all things
Thoughts of the leaves falling again
Brings silent tears to a mother's eyes.

모정의 강

여러 날 집을 비워 미안한 마음으로
바싹 마른 화분에 물을 주었다.

이리 저리 옮겨 다니며
상처만 남긴 가여운 화초들
그 사이 놀라운 생명력으로
푸르고 푸른 잎새 사이로
솟아오른 탄력 있는 줄기 속에
모정의 강물이 흐르고 있었다.

새색시 화관 모습으로
군자란 꽃망울이
갓 태어난 갓난이 얼굴처럼
하얀 죽이불 너울을 뚫고
솟아오른 꽃망울의 신비함은
아! 모정의 위대함이요
신의 사랑이었다.

The River of Maternal Love

After many days of emptying the house
I water the withering plants with a sorrowful mind.

The forlorn plants leaving behind only wounds
From being moved here and there
Inside the resilient stem rising
Between the ever so green leaves
Flows a river of motherly love.

The budding petals of a lily
In the form of a bride's crown
Like a newborn baby's face
Cut through a white blanket veil soaring high
    hinting of mystery.
Oh! The vastness of motherly love
It was the love of God.

상처

우리는 일상의 소소한 일들로
서로에게 많은 상처를
주고받으며 괴로워한다.

오늘 하루 온갖 식물이
살아가는 숲으로 왔다.

함안스런 산수국도 나 반긴 듯
푸른 꽃 이파리
산바람에 하늘거린다.
이슬 젖은 들꽃에
샘물처럼 신선한 공기는
그간 변화무쌍했던 고난까지
산산히 흩어지며
내 영혼까지 쉬게 한다.

숲 그림자 길게 드리운
적막한 고요함 벗 삼으니
위대한 자연 속에 인생의 번뇌는
무의미한 것이다.

Wound

We are in agony,
Inflicting so many wounds upon each other
On nothing serious matters.

I am here, this forest where
All the plants dwell in.

A hydrangea which has ripened pleasantly
Greets me with bluish petals,
Swaying in the breeze.

Wetted wild flowers in the morning dew and
Fresh air like a mountain spring
Have dispersed all kaleidoscopic afflictions up to now,
Leaving my soul in peace.

Long shadow hanging over

Lonesome silence which becomes my companion,

Among nature's greatness

The earthly passions would be meaningless.

석양 77

인연

새털같이 많은 인연들
만나고 헤어져 지나가버린 산길
어제 내린 가을비에
힘없이 떨어진 낙엽이 스산하다.

나뭇가지 사이 스치는 바람
산제비 짝을 부르고
산천과 잎새 어우러진 소리
고요히 스며들어
언제 보아도 외로운 산

검은 그림자 길게 드리우니
상원사 풍경소리 더없이 애달파
세월의 올을 풀어
희망을 수놓았던 가슴에
돌탑 쌓아 올린 그리움덩이
정적을 깨는 두견의 울음소리에
시리게 부서진다.

세상 모든 인연들
왔다 떠나가는 것
황혼이 저무는 인생에
사랑과 미움은
허상의 바람이었다.

기다림

그대 떠나는 소리에
마지막 낙엽 한잎 떨어졌다.

세월 가는 소리에 이 몸 늙어지고
봄이 오는 소리에 보슬비 내리더니
움튼 나뭇잎에 새가 날고
꽃은 다시 피어났다.

하늘만 쳐다보며 끝없는 기다림에
고개 숙이던 해바라기
바람에 홀씨 훌훌 풀려
허공으로 새털처럼 날아간다.

십년이란 세월이
이처럼 긴 시간인 것을
가슴을 파고드는
귀뚜라미 울음소리도
멀리멀리 사라지고

빗소리 바람소리 삶의 소리도
이제 평온히 내 가슴에 스며듭니다.

그대여!
생각대로 안 되는 것이 인생이더이다.

아들의 뒷모습

봄 햇살 아래 만개한 벚꽃
눈처럼 하얗게 흩날리는 길로
아들의 애잔한 모습 멀어져 간다.

뜨거워지는 나의 눈동자
간절한 이 가슴으로 네 안녕을 보듬고
지구에서 우주로 날아오를 그날까지
하늘이 되리니
마음의 소경들이 가득한 세상
네 심성은 바다처럼 풍요해
그렇게 사노라면 회한은 없을지어라
어느새 별이 뜬 어두운 밤
아들의 뒷모습에
기원의 밤을 지샌다.

까치집

The Magpie Nest

까치집

무성한 잎새 파란 꽃잎처럼
하늘거린 메타세콰이어
12월의 바람과 모두 떠나갔다.

벌거벗은 나무 위초리 위에 까치집만 외로워
바람막이 되어주던 초록의 숨결
다시 돌아올 때까지
까치는 얼마나 춥고 고독한 기다림일까

나는 네 마음을 알고 있다
기다리는 날들이
참으로 긴 아픔인 것을

까치는 나무에서
나는 땅에서
새우처럼 구부리고
밤하늘에 반짝이는 별들 헤이며
까치는 북풍이 괴롭고
나는 기다리는 날들이 괴롭다.

The Magpie Nest

Thick foliage swinging like green flower petals,
Metasequoia left with the wind of December.

Stripping itself naked,
At the tip of the tree branch is the lonely
    magpie nest.
A breath of foliage used to be a shelter from
    the wind.
Until it comes back,
The magpie endures the bitter cold and loneliness.

I know what you are thinking
The prolonged pain are awaited days.

The magpie, on the tree
I, on the ground
Bending like a shrimp,
Counting lighting stars in the night sky
The magpie suffers from a north wind,
I suffer from awaited days.

네 탓

사람들은 삶이 고달프다

잘못은 자신이 하고
모두 네 탓이라고
소리치며 남을 원망한다.

타고난 운명도 있겠지만
살아가며 많은 사연 속에서
자신이 불씨를 만드는 것을
모르며 살고 있다.

보이지 않는 마음을 칭칭 매어
마알갛게 비친
자신의 참모습을 보지 못함이다.

자신을 되돌아보는 명경지수(明鏡之水)로
네 탓이 아닌
나를 가치 있게 만들어가는 것이
지혜로운 사람이다.

Blame

They say life is weary

They resent others,
Hiding their wrongs by
Blaming others out loud.

Though they are destined,
It goes on without knowing it
They are the ones who cause all throughout
Their lives among wheels within wheels.

Leashing an invisible mind
Blocks a reflection of their true beings
On the mirror.

A clear mirror and crystal water becomes
A state of mind which let us look back
Without blaming others
Making myself precious
Is called a wise one.

님

잿빛 하늘에
먹구름 흔들거리며
세찬 바람에 흘러간다.

빗방울 후두둑 떨어지고
우르릉 쾅쾅
무섬증 스미는 천둥소리
땅거미 어둑어둑
짝 잃은 새 한 마리
나뭇가지 의지해
가녀린 목소리로
'쨱쨱쨱'
가버린 님 부른다.

비에 젖은 파랑새
저 모습에서
그때 홀로 슬피 울던
그 여인이 생각난다.

갈매기 태풍은
밤새 육지와 바다를 휩쓸고
길고 요란했던 지난밤
하얀 베개에 의지해
잠몽으로 새우니
님 살아계신 그때가
좋은날이었다.

Loved One

Across the ash sky,
Dark clouds flow shakily by
Furious winds.

Raindrops are falling,
Rolling and rumbling,
Loud and scary thundering sound permeates.
Dusk is glooming,
A bird lost her mate
Leans on tree branches,
Calling the loved one that has already left,
Chirping with such frail sounds.

A rain-soaked blue bird
Reminds me of the lady
Who was sobbing alone then.

While the sea gull typhoon has swept the land
    and sea
Through the long and roaring night,
Leaning on a white pillow
I sat up half dreaming all through the night,
Those days when my loved one
Was with me
Were the days I loved most.

가출

태풍에 바람 부는 날이면
하늘도 슬퍼한다.

바다와 푸른 산천도 출렁거리며
세상은 근심에 잠긴다.

어머니 가슴에
흘러 도는 애 끓이는 바람은
파도 같은 한숨으로
부서지며 찢기운다.

오늘도
어느 하늘 아래서
어둠에 잠기어
비우지 못한 생각으로
집으로 가는 길을 잊고 있는가…

Run Away from Home

When windy days come with the typhoon
The sky mourns.

Waving oceans, blue-green-colored mountains
    and rivers,
The whole world sinks into deep concerns.

A desperate wish
Swirling around a mother's heart
Deep sigh like big waves
Breaks and tears apart.

Today again,
Which place under the sun have you
Immersed yourself in darkness
You are forgetting
The homeward path
With thoughts that are never empty...

음과 양

우리는
너무 옹색히 앞만 보며 살아왔다.

이제 마음속 화원을 볼 수 있는
시간이 필요하다.

혼탁한 인간 세상
보이는 이익만 추구하는
거짓 속에
불쌍하리만치 비굴해져가는 사람들
동전 한 잎도 못 가져가는 진리

무슨 욕심이 그리도 필요하겠나
타인의 마음을 헤아리는 심성으로
편협한 생각들
가을 하늘 흰 구름 속으로 보내니
자연은 또 꽃 피는 계절로 바뀌고
음과 양도 돌고 돌며 속절없이 변한다.

생각과 방식이 어리석으니
좋은 직도 내려놓은 그 시절 영화도
여름날의 나팔꽃이었다.

Yin and Yang

We have lived
Too cramped
Looking forward only.

Now we need a time
To see a flower garden inside me.

The chaotic world of ours
Chasing only gains we can see
Through deceit
People becoming pathetically servile
Truth saying no penny at the end

No need for more avarice.
With compassion in caring for others
Prejudiced thoughts
Thrown it over ebony clouds in autumn sky

Nature turns again into a blooming season
Yin and Yang spin, spin, and change inevitably.

Reckless thoughts and misdeeds
The prosperity in the old days gone with a high
     ranking post
Is nothing but the morning glory of summer.

당신이 그립네

추수가 끝나고 꽃잎 같은 단풍이
강산을 수놓아 가슴 설래게 하더니
바람같이 지나버린 가을
밤사이 하얀 신설이 아침을 맞이하네

사랑했던 그대 떠난 후
십 수 년 만에 보는 첫눈인데
아직도 당신이 그리워

눈 내린 뜰을 밟으니 뽀드득
적막강산에 신선한 소리가
가슴과 귀를 열어놓는다.

톡톡 쏘는 겨울바람도
싱그럽기만 하는구나.

사랑했던 사람아
다시 만날 수 없기에 더욱 그리워
오늘밤 꿈속에서 눈길 함께 걷고 싶네.

Missing You

Petal foliage after the harvest
Embroidered on scenery makes a heart pound.
Autumn has gone with the wind.
Immaculately white snow falls during the night
Receiving me in the morning.

Since my loved one had gone,
It has been the first flurry for a decade.
I am still missing you.

Stepping on the snowy ground
The crisp sounds open up my ears and hearts
Around the solitary landscape.

A stinging winter breeze
Becomes so fresh.

My dearest one whom I had loved
I am missing you so desperately
Cause I can never see you again
I dream of walking with you
On the snowy road.

인생은 다시 오지 않는다

이 해도 이렇게 또 흘러가는가
시간은 왜 이리 빨리 가는고
우리들의 삶에서
바르지 못한 무지했던 사람들
세상을 온통 뒤흔들고 있다.

옷자락 사이로 스며드는 늦가을 찬바람
보도 위에 흩어지는 오색 빛 나뭇잎
바람에 나풀거리니
오늘따라 하늘과 나무가 더 아름다워
허탈한 마음, 배신의 슬픔을 위로해준다.

나는 유연해지는 시를 쓰며
마음의 천국 만들어가리라
시간은 신이 우리에게 약속하고 주신 선물
가을은 이듬해에 다시 오고 또 오지만
인생은 다시 오지 않는다.

황금 같은 시간 가슴에 가두어
선물 받은 내 인생 난초 향기 남기고
진리를 찾아 덕을 짓고 살리라.

푸른 사랑아

어둡고 습한 긴 터널 속에서
떠나버린 사랑
그리워 슬픔에 젖어 있는 시간
꽃과 새들 초록이 무성한 보약 같은
이곳으로 나를 인도한
푸른 사랑아

어젯밤 새하얗게 새운
너의 부드러운 사랑의 이야기 속에서
희망은 피어났다.

새벽 안개 가르며
떠오르는 찬란한 태양처럼
진실한 그 마음이 은혜였다.

Greeny Love

Inside a dark and humid tunnel
Love has disappeared into a
Nostalgic time of wet tears in sorrow,
The place of healing
With flowers and birds flourishing in verdure
Led by greeny love

Through the night
Within your soft and mellow story of love
Hope was reborn

Crossing the morning fog
As the rising sun is awash in brilliance
Blessing what was a very truthful mind.

오월

꽃들이 춤을 춘다.
초록빛 잎새 위로 소낙비 한 시경
쏟아지는 빗물에
목마른 나무들 머리 감는다.
어두워진 하늘에 별님 하나 둘 빤짝이니
별 같은 내 사랑 봄의 님처럼
사뿐히 들어온다.
향기진 오월의 밤
그리운 사람들 추억으로
내 마음에 꽃수를 뜬다.
자정이 지난 밤
달빛 아래 라일락 향내음
모든 시름 잊게 하네.

In May

Are dancing flowers.
Summer showers over the lush green leaves
    around one o'clock
Pour over thirsty trees shampooing.
A darkening sky, stars begin to sparkle
My love of star comes in softly as a spring nymph.
With a scent of a night in May
Those in good memory
Make my heart embroidered with a flower.
Past midnight already
The aroma of lilac under moonlight
Had made me let everything all go.

바늘구멍

원앙금침 향내음 하얀 깃에
초록빛 이불
나란히 누운 자리
내 등 뒤에서 긴 머리 쓸어주던
부드러운 님의 손길
말없이 떠나고
삭풍이 몰아치는
긴 겨울밤
바늘구멍에서 황소바람
들어온다.

위 시는 황진이 시인의 작품을 대하는 것 같다. 황진이의 시에서는 금침을 깔아놓고 사랑하는 님을 기다리는 걸로 기억된다. 그러나 김 시인의 작품에서는 다소 상반되는 느낌이 있기는 하지만, 전체적인 시적 품격으로 보아 조금도 황진이의 작품에 뒤지지 않는다고 필자는 자부한다. 이렇게 자기가 처해 있는 삶의 순간을 가지고 적절히 요리할 수 있어야 비로소 능력 있는 시인이라 할 수 있을 것이다.

허용우 시인, 극작가

Needle Hole

The sweet scent of the bed
Embroidered with a lovebird
In golden silk threads
With a green bedding
Lying down by my back
Passing his hands softly over my long hair
He left me without a word.
A piercing wind of the long winter night
A draught is cold,
That comes in through a needle hole.

엄마는 물이다

해가 뜨지 않는 어두운 하늘에
맞바람만 출렁인다.
비가 내릴 것 같다.
네가 나와 같이 머물렀던 이곳을
떠날 수 없어.

널 기다리는 긴 세월
너무도 숨이 차서
무겁게 울던 그 시간도
이제는 까마득하구나.

세상 모든 엄마는
물처럼 소중한 존재라는 것을
네가 느꼈을 때
다시는 엄마의 물은
가슴속에 적셔볼 수 없는 것이다.

시어로 승화된
아름다운 인생을 보며

인생이란 고달픈 여정의 길이라고 합니다. 이 세상 그 누구도 인생을 한번쯤 연습으로 살아볼 수는 없는 것입니다. 그러기에 이 세상에는 마음이 어둡고 슬픈 사람들이 이승을 고해라고 말합니다. 저는 그 고해 속에서도 언제나 희망을 버리지 않았고 나에게 찾아온 고통이나 절망을 스스로 설득시키며 살아온 삶을 통하여 시를 써왔습니다. 그러기에 신은 저에게 시를 쓸 수 있는 축복을 주신 것 같습니다. 한 편의 뜻있는 시를 완성하기까진 참으로 힘든 시간이지만 뇌수가 마른다 해도 시를 쓰고 있는 시간이 가장 행복합니다. 시를 생각하고 있노라면 제 마음은 번잡한 세상에서 벗어나 유년의 순수한 그 세계가 맑은 샘물처럼 흘러 돌아 가장 인간적인 아름다운 감정으로 추억의 그림자들을 생각하게 됩니다. 또한 사랑하는 가족들과 기쁨, 슬픔, 죽음과 이별의 아픔 속에서 가슴속에 녹아 있던 삶의 소리와 자연을 가지고 시어로 승화시키는 가치 있는 그러나 때로는

고군분투하는 창작의 고통을 즐기고 있습니다. 공자는 아들 백어에게 말하기를 "너희들은 왜 시를 읽지 않느냐? 시를 배우지 않는 사람은 마치 담 벽을 보고 마주 선 것과 같다"고 했습니다(논어 양화편). 편협하고 배려가 없으며 꽉 막힌 자신의 이익만 추구하는 소경 같은 사람이란 뜻일 것입니다. 시란 생각이 흐르는 감성과 마음속의 눈과 거울이며 인간의 감정을 아름답게 표현하는 문학의 지식이라고 생각합니다.

사람이 아름답게 살아간다는 것은 결코 어려운 일은 아닙니다. 나 혼자만 소중한 것이 아니라 우리 모두 더불어 살아가야 하는 세상에서 서로가 배려해주는 마음을 가지고 아울러 은혜의 소중함을 알고 의리를 지키며 불행한 사람을 도울 줄 알아 실행한다면 그것이 아름답게 사는 것이라 생각합니다. 이 세상에는 그 무엇도 영원한 것이 없으며 누구라도 (순서 없는) 죽음의 세계로 돌아가야 합니다. 한치 앞도 모르

면서 돈과 권세에만 아귀다툼인 일부 사람들은 가치 있는 일이나 보석 같은 사람은 외면해버립니다. 사심으로 가득한 소경의 눈에 빛나는 마음이 보일 리 없겠지요. 시란 사물에 대한 이치와 정신세계를 높이는 것이기 때문에 공자는 350편의 시경을 배우라 했던 것 같습니다. 공자 말씀이 아니라도 각박한 세상에서 한권의 시집은 마음속 웰빙의 양식이 될 것으로 필자는 확신합니다. 천국으로 가는 길도 미움과 사랑을 받는 일도 모두가 자신이 만드는 것입니다.

Reminiscence of A Life Inspired by Poetic Language

They say life is a weary journey. No one in this world can live life like it's a practice. And so people living in darkness and sadness say that the earthly domain is full of hardships. But as I lived in this world, I have never lost hope, and always prevailed upon the pain and despair that have come my way committing them into poetry. God has blessed me with the ability to write poetry. Completing a poem may be a difficult time-consuming process, but until the brain dries it is the happiest of times. When I am contemplating about a poem my mind escapes from the complications of the mundane flowing into the clear spring water of an innocent child's world, and casts reminiscent shadows of most humane and beautiful emotions. Also, I am enjoying the valuable but sometimes lonely and difficult creative travail of sublimating into poetic language the sounds of life and nature that have melted into my heart through my loving family, happiness, sadness, and the pain of death and separation. Confucius said to his son, "Why do you not read poetry? Talking to a person who does not learn poetry is like facing a block of wall." (Analects of Confucius) Perhaps Confucius meant a person like that is a narrow-minded inconsiderate thick-headed ignorant who only pursues one's own interests. Poetry is emotions flowing in the mind, eyes and mirror into the inner mind, and is literary knowledge beautifully expressing human emotions.

To live beautifully is never so hard. A considerate inclination in the realization that one's own welfare is not most important but with an understanding that we all have to live together, recognizing the value of kindness, knowing how to stay loyal, and helping the unfortunate is the way to living beautifully. Nothing in this world is forever, and everyone goes back to the world of the dead. There are some that constantly fight for money and power, so short-sighted that they ignore things of value and human preciousness. The eyes of the ignorant filled with only self-interest cannot see the glittering mind. Because poetry enhances the nature of things and the mind, Confucius said one must learn 350 poetry books. Confucius' teaching notwithstanding, a poetry book is sure to be a well-being bread for the mind in this harsh world.

독도

Dokdo Island

독도

푸르른 바다 위에 우뚝 선 독도여
대한의 깊고 매운 기상
여명의 빛으로 우리 민족 품어주셨네.
세월의 거센 풍랑에도
어두운 밤 검푸른 바다 바라보며
뜨거운 눈물 흘리던 그때 충신의 가슴이
누구도 범치 못하게 늘상 파도가 출렁이고
이 나라 지켜 주는 혼의 물결

비바람 몰아치던 전쟁의 피바람도
국경도 초월한 사랑의 빛으로
캄캄한 밤 파도와 생사를 넘나드는
바닷길 사람들에겐 생명의 불빛으로
떠오르는 태양 아래
독도를 향한 민족의 사랑 영원하리라.

Dokdo Island

Oh! Dokdo standing tall on the blue green seawater
Proud and stalwart spirit of great Korea
You have embraced our nation in your bosom with
    the light of the breaking dawn
Even against rough winds and waves of time
You are the waves of the spirit protecting the nation
When the heart of the faithful was weeping tears
While gazing at the blue black sea in the dark of
    the night

Neither the bloody winds of war accompanied by
    the driving rain
Through the light of love transcending the borders
Life lights to seafarers between life and death on
    the black seawater of night under the rising sun
Oh, eternal will be our nation's love for Dokdo!

일본 침략자들에게 살해된
마지막 황후를 기억하며

2차대전 피해자들과 화해하기 위한 독일의 노력은
후손들에게 역사를 가르치고 인간 존엄에 대한 그들
의 범죄를 인식시키는 데 있었다. 한국은 일본이 최
소한 독일로부터 교훈을 얻기를 희망했었다. 1910
년부터 1945년까지 일본의 제국주의 식민지를 겪
으면서 한국은 말할 수 없는 공포와 고통을 겪었다.
일본 군인들에 의해 20만 명의 여성들이 전쟁기간
중 강제 성노예로 고통을 겪었고 150만 명의 한국
인들이 광산, 공장, 전쟁터에서 강제 노역에 시달렸
다. 1895년 일본은 조선왕조의 경복궁에 침입하여
마지막 황후를 칼로 살해해 조선과 유럽의 외교적
연결고리를 끊고 한국인들의 자존감을 짓밟았다.

역사가 모든 걸 얘기한다. 불행히도 일본은 공식적
으로 그들의 범죄를 인정하지 않고 있으며 일본 학
교의 교과서에서도 부끄러운 역사를 지웠다. 이제
일본은 비극적인 역사의 상징인 독도를 다시 한 번
훔치고 있다.

To the Memory of the Last Empress Slaughtered by Japanese Invaders

Having witnessed Germany's heart-felt efforts to reconcile with World War II victims by recognizing their crimes to human dignity and teaching the history to their children, Koreans hope that Japanese learn the lesson from Germany. For 36 years between 1910 and 1945, Koreans had gone through one of the most horrific pains and sorrows by Japanese Imperialism. Japan forcefully made 200,000 Korean women as Sex Slaves for the Japanese soldiers. More than 1.5 million Koreans were dragged into mines, war fronts, construction sites and factories during World War II. In 1895, Japan invaded Gyeongbok Palace in Seoul and slaughtered Dynasty's Last Empress by stabbing Her Majesty several times. By killing Her Majesty,

Japan crushed Korean peoples' pride and cut off the diplomatic connection between Korea and Europe. This event eventually led Japan to occupy Korea in 1910.

History tells us all. Unfortunately Japan never officially admit their crimes and hide the fact of shames from all the textbooks in Japanese school system. Now Japan are attempting again to steal one of Korean islands called Dokdo which is the symbol of tragic history.

동북아시아의
신제국주의 망령 앞에서

영욕의 세월을 지켜본
경복궁을 뒤에 둔 광화문

침입한 일인들 칼에
비명으로 눈감은 마지막 황후도
뼈를 삭힌 억울한 아픔도
기나긴 슬픔의 역사도
모두 뒤로 한 채,

나라와 나라가
사람과 사람이
상식을 기본으로 살아가야만 하는
글로벌 시대이다.

세계가 변화하고 변하는 이 시대
거짓을 포장해
세계 사람들을 속이고
침략의 야욕으로

또 한국을 괴롭힌다면
어리석음은 덧없는 꿈이 될 것이다.

내일의 운명도 모른 채
불을 안고 살아가는 일인(日人)들이여

천지가 개벽해도
독도는 대한의 땅이다.

이 세상 사람들 누구라도
하늘을 두려워해야 한다.

대덕수명이라!

하늘의 뜻대로 살아간다면
하늘이 후손들을 인도할 것이지만
그렇지 못한 삶을 산다면
인과응보는 반드시 되돌아간다.

Over the Ghost Shadow of a Rising Imperialism in North-East Asia

Gazed upon the times of honor and disgrace
Over the Gwanghwamoon Gate,

Left upon the trails
Of pains making broken bones;
Of aggrieved death of the Last Empress
Slaughtered with the sword by Japanese invaders;
Of such a prolonged and sorrowful history;

Behind all these Gyeongbok Palace stands proud.

Now is the global era
Of all the races and all the countries
Keeping sense and wisdom,

The world in this era
Keep on changing upon changing,

Were the filthy lies masqueraded,
It would deceive people around the world;
Were the twisted ambition of an invasion
Agonizing Korea once again,
Foolishness would become an illusion.

Some people in Japan holding fire to suppress their
    neighbors
Live their life, not knowing tomorrow's fate!

Even God recreates heaven and earth,
Dokdo always has been and remains a part of Korea.

Whoever in this world,
Be afraid of the universe.

Alas, great virtue gives birth to great life!

Living by the principle of universe,
God will guide their sons and daughters.

Living against the principle of universe,
Karma would come to their sons and daughters.

The above poem written by my mother is dedicated to Her Majesty Myeongseong Empress of Korea who was slaughtered by Japanese invaders in October 8th, 1895. Japanese assassins stabbed Her Majesty several times, then burned the corpse to the ashes.

I attached a brief historical background at the end of this poem.

I wish there's no more violence around the globe.

Let's prey for the people who died for the peace.

-Jeongwon Yoon (Translator)

고구려의 혼

산천이 아름다워 깨끗한 정기에
구름도 감돈다는 산운 마을

적석탑 천년 부처님
소원 기원하는 맑은 정화수

국토 안녕 기원하며
조선의 백성들 염원이 담긴 땅

능 속에 잠드신 고구려의 혼들이여!

수많은 피바람에
육신은 검은 흙으로
고운사 십육나한전에
향 피워 기도하니

일제의 피멍든 굴레도

보리 고개 배고픔도 허물 벗기어
손(孫)들
금수강산 이만큼 인도하셨네.

억금 같은 이곳 문화유산
누구의 손으로 만들어졌을까?
누구의 영역이었나?
빛나고 빛날 그 손과 이름이어라.

The Spirit of Koguryo Kingdom

The village of Sanun shrouded in clouds
With beautiful valleys and streams
And purity of nature's spirit

Millennia old stepped stone
Stands as a shrine to Buddha with
Clear well waters praying for wishes to come true

The land is filled with the aspirations of the people
    of Koguryo
Praying for the well-being of their home land

Oh, spirit of Koguryo lying asleep in their tombs!

Their bodies worn to black earth
Through countless bloodbaths
I light some incense and pray

In the hall of the sixteen disciples

Even through the bloody bruises from the shackles
    of the Japanese colonization,
The lying on the banks of starvation, and
Worn clothes showing skin and bone
The sons of the peninsula has endowed
Us this land beautiful in nature.

Whose hands have these
Priceless cultural legacies been created by?
And under whose influence?
Oh, ever so eternally bright whose hands and
Names are thou!

목탁

향기 진 숲길을 지나
산사에 들어서면
법당 안 작은 탁자 위에
동그란 목탁
누구나 선뜻 만져볼 수 없다.

스님의 독경소리와 함께
영롱한 맑은 소리에
머리부터 발끝까지
聖人의 순간에서
자신을 뒤돌아보게 한다.

사람들 마음속에
각기 다른 느낌과
의미의 소리로
가슴 울리는 작은 목탁의 힘
무엇이 담겨져 있는 것인가?

누구라도
그 깊은 뜻 깨우친다면
부처가 되리라.

Buddha's Wood Block

Passing through a path in the forest,
Stepping into Buddha's temple
There is a round wood block on the table.
Nobody is willing to touch it.

Sutra-chanting of the monk
Makes his sound clear and lucid
From head to toe.
I look back on me
At the very moment of Buddha.

Inside of our mind

With the sounds of our distinct senses and
    messages of each

The power of the wood block

Knocks hard on the mind.

What's in there?

Whoever grasps the abyss of truth,

Enlightenment will find you.

고목

산새소리도 잠든 용문사
우뚝 선 은행나무
하얀 달빛 아래 외롭다.

그 사랑 떠나고
부귀영화도
연극같이 흘러간
바람이었나

뒤척이는 밤 지새니
새벽 목탁소리
가슴속을 젓는구나

세상 보는 눈
깨우고 나니
나 고목되어
하늘만 보며 서있네.

Rampike

On the night of Yongmunsa Temple
Even when the sounds of mountain birds are silent
A ginko tree standing still
Is alone under the moonlight.

Gone was the love
All the wealth and prosperity
Just like a theatrical drama
Wouldn't have gone with the wind

Tossing and turning all night
Sound of a wood block from the temple at the dawn
Is churning my heart

Awakening eyes to the world
I, becoming a rampike, am standing still
Looking up at the sky.

엄마의 자주치마

어머니 품처럼 오곡이 풍성한 가을
낙엽 진 잎새들, 한잎 두잎 가엾이 떨어진다.

그 가을에 떠난 님이시여
이제 모두 놓고 편안하시나요
이 세상에 태어나
당신과 인연 속에 회한 서린
추억들이 눈 감으니 피어납니다.

예쁜 얼굴 미운 얼굴 모두 떠나고
저무는 산길 나홀로 걸으니
질곡한 기억들
코끝이 시려오네요.

서리 맞은 단풍잎은
유월의 목단꽃보다 아름다운데
이 나이에 어머니만 뜨겁게 그립습니다.

해질녘 붉게 물든 가을 하늘이
엄마의 자주치마처럼 허전한 마음 감싸 안네.

Mom's Purple Skirt

Autumn of an abundant harvest like my mother's chest
Leaves falling one by one pitifully

My loved one left in autumn
Now, are you free?
Born in this world
Amid karma with you
Regretted reminiscence arises in my closed eyes.

Loving faces and hated faces have all gone
Walking down the mountain path at sunset
Fettered memories make my nose shiver.

Frosty maple leaves

Have much more beauty than peony blossom

    of June

I only long for my mother.

A scarlet autumn sky at the brink of sunset

Embraces my empty heart

As my mother's purple skirt.

금강소나무

끝이 없는 세월
윤회하면서
소나무 숲 어우러진
자연이 아름다운 울진
푸르다 못해 검푸른 바다
땡볕에 목마른 바위도
파도가 어루만지듯
목을 적셔준다

문명이 어두운 시절
열두 고개 성황당
바지게꾼들
삶의 초석인 금강소나무의
찐득한 관솔은
그 시절 불 밝히는
생명의 빛이었다.

이른 새벽
한기 촉촉한 운무
산허리에 내리니
소나무 잎새
한올 한올 떠나가신
님들의 이야기 피어난다.

사람은 백년 살기 힘들지만
금강소나무 천년 푸름 속에
대한의 혼 깃들다.

천상의 꽃

해마다 여름이면
기품 있고 우아한 연꽃이
연못에 가득 피어난다.

하얀 도자기 미색의 연화차
그리 진하지도 않은 은은한 향기
심 안에 깊이 쌓여 있는 쓰라림도
따뜻이 풀어준다.

줄기와 잎새, 뿌리와 씨앗까지
버릴 것 하나 없는 천상의 꽃
이 세상에 많은 인연들
연꽃 같은 인생
살고 떠나가면
회한은 없을지어라.

늦가을의 갑사(岬寺)

산세가 수려하여
병풍에 가리운 아늑함
가파른 길 아니어서
여유로운 마음으로
산사를 오르고 있다.

숲속의 은행나무 옛 정취
석공들의 섬세한 솜씨
깊게 베인 단층 사리탑

가슴 트이는 풍경 속에
짙푸른 노송,
향기 진 바람과 흐르는 물소리
그윽이 온몸이 젖는다.

구름 속에 흘러가는 햇님
만월의 하얀 달처럼

노란 나뭇잎 사이로
간간히 비추고
유구한 역사의 혼 가득한 옛 그림자
하늘 가까운 이곳은
진리를 깨우치기에
부족함이 없도다.

낙산사 홍련암

솔숲 사이 무지개 물빛
동해 바다 바라보며
기나긴 세월 홍련암

활화산 불 바람에도
옛 모습 그대로
자비의 관음전 황금빛으로 빛나고
법당으로 가는 길
세속에서 더러워진 생각들
신 새벽 이슬로 씻어 내리어
낙산사에 깨끗한 내 마음 바친다.

풍광이 절경인 낙산사
새 범종소리 울릴 때
다시 오리라

이곳을 다녀간 많은 사람들
단 하나의 뉘우침도 없었다면
그것은 헛된 삶이 되리라

사랑과
이별

Farewell
with Love

사랑과 이별

사랑이란 향기가 스며들 때
아무것도 보지 못하고
하늘만 쳐다보는 꽃이 되었다.

피 흘리며 아파했던 상처도
사랑으로 소생하고
칠흑 같은 어두운 밤
우기도, 추위도
태양의 불꽃이었다.

속절없는 그 사랑은
계절따라
피고 지는 꽃잎 같아
만나고 헤어짐은 운명이래도
이별이란 어둠속에
흘러내린 아픈 빗물

그래도 사랑은
다시 피는 마법의 불꽃이었다.

Farewell with Love

When the scent of love permeates,
I see nothing
A flower becomes me
Only staring up at the sky.

Bleeding with a painful wound
Brings my life back with love.
Pitch-black night
Rain and bitter cold
All are glares of the sun.

Helplessly the love
Becomes petals along with seasons
Fate is for loving and breaking up
In the darkness called the farewell
The rain hurts

Yet the magic flare is
The love blooming again.

나파를 떠나가면서

고즈넉이 펼쳐진
부드러운 능선 아래 푸른 포도밭
금빛 햇살 아래 눈부시다.
노랑 빨강 분홍빛 장미꽃들
포도밭 도랑 사이 매우 조화롭다.

옷깃을 여미는 차가운 굴 속
긴 역사를 품고
여명이 기울어 별이 뜬 밤인데도
몬다비 사람들 존경스런 혼의 손길
와인 향기에 젖은 진정한 철학을
우리는 다 알지 못하고 떠나간다.

이 밤도 지구촌 많은 사람들
포도주 한잔에 행복한 만찬 피어나고
오월의 태양 아래 고요한 도시
나파는 포도와 함께 영원히 살아가리라.

Leaving NAPA

Below ridges unfolded quietly
Dazzling green vineyards spreads out under the
golden sun.
There are harmoniously quilted yellow, red and
pink roses
In the ditches of the vineyard.

The cold wine cave makes me shiver
Embracing a long history
Even in a starry-shining night as sun went down,
Honored masters' spiritual touch of the Mondavi
The philosophy soaked in the scent of aging wine
We should leave not knowing it all.

Even tonight, many people in this world
Enjoy delightful feasts
A tranquil city under the sun in May
Napa with vineyards will go on forever.

다시 온 나파

세상 어느 곳이든 자연은 예술이었다.

푸르른 하늘 아래 파란 숨결
수줍듯 빼꼼히 내민 여린 포도송이들
이 경이로운 대지 위에
까맣게 삭혀지는 토심 깊은 땅에서
仁理의 이치를 깨운다.

물질 때문에 달리기만 하는 사람들
우리 모두 이 포도 껍질처럼
자연으로 되돌아가는 것을
잊고 살아간다.

빛살 고운 나파
끝없이 펼쳐진 초록빛 융단
나파의 포도는 하늘에 기원하며
빠알간 보석 루비처럼
익어갈 것이다.

Coming Back to NAPA

Wherever we go
Nature becomes art.

Blue breath under the sky
A small bunch of shy grapes
Stretching out from
This wondrous Mother earth
Deep down under the ground
Ripe and rich black soil
Wakes up the principle of morality.

The money that people only chase
They all are forgetting
The skin of grapes always
Comes back to Mother earth.

Shining Napa,
A lush green carpet spreads out endlessly.
Grapes of Napa looking up at the sky will be
Soon a ripe ruby red.

와이키키

구름이 산허리에 흰 띠를 두르며
오색 무지개 피어오르고
머리에 꽃을 단 여인들
초록바다 와이키키 해변

떠오르는 태양 아래
물별들이 파도에 부서진다.

울창한 열대림, 천혜의 아름다운 꽃들이
자연의 눈을 깨우고
노오란 석양은 보랏빛 수평선에 잠기니
내 마음에 낙원이 펼쳐지는
피안의 세계 건너 나 서있는 듯

집시들의 기타 소리에 어깨춤 흥겨워
고단했던 여정의 시간
푸른 물결 푸른 바람과 함께 날아간다.

Waikiki

Tying a white band of cloud around the mountainside
A five color rainbow
Women with flowers on their head
Waikiki beach alongside a green sea

Under the rising sun
Sparkling water breaks down wave by wave.

Deep forest, flowers of stunning beauty
Opening up the eyes of nature
Yellow sunset submerged under the purple shoreline
Utopia spreading out in my mind
I almost feel myself standing at the entrance of
     Nirvana.

Gypsy's guitar makes my shoulders move
Tiresome journey
Flies away with a blue wave and blue wind.

염원

너무도 오랜 너의 부재 속에서
하나 둘씩 내 곁을 떠나갔다.
빛바랜 사진 속에
해맑은 너의 얼굴은 천사같이 아름답다.

공허한 빈 공간에 막막하고 힘겨웠던
기다림의 시간 속에서
어두운 밤 나와 같이 울어주던 귀뚜라미는
기막혔던 그 시간을 알고 있다.

내 떠난 후 네가 돌아온다 한들
그 무슨 이유이든
너의 부재는 용서받을 수 없는 것
이렇게 간절한 염원으로 밤을 지샌다.

무정한 세월 앞에 분명 바다보다
짜디짠 눈물 흘릴 것을
난 몹시도 그날이 염려스럽다.

사랑과 인내

가도 가도 끝이 보이지 않는
힘겨운 삶의 시간을 벗어나
서울을 떠나 경상도를 지나
전라도 길을 걷고 있네.

햇살 포근한 풍요로움에
넉넉한 이 가을 날
내 그림자 등에 업고
진실과 상관없이
말 많은 사람들 입을 피해
하늘과 산과 숲의 요람을 벗 삼아
홀로 걷는 자연의 길에서
비로소 종점이 보이는 나의 삶
그것은 눈물로 다듬은
사랑과 인내였다.

추억

계절의 흐름에 어느덧 서리가 내리고
붉게 물든 나무들 벌써 가을이구나.

왠지 허전한 마음은 기억이 멀어졌던
그곳이 문득 생각난다.

기차에 몸을 싣고 차창 넘어 황금빛 들녘
그들의 노고에 감사하며
반생의 나이 더한 내 얼굴 주름 속에
지혜로움만 채운다.

추억이란
모진 시간도 그리워지는 것인가.

그래요, 그것이 가족이었다.

해 저문 부두에
그림자도 없이
싸늘한 푸른 바람만이
내 옷깃을 휘감는다.

인생은 세월과 함께
한치 앞도 모르는 회오리바람이었다.

세월

봄 향기 아직 남아 있는데
녹음 방초 우거진 여름으로 가는구나
잡을 수 없이 흘러만 가는 세월
검은 머리 검은 눈썹
백옥 빛 얼굴도 이제 시든 꽃이로다.
푸른 바람 은은한 꽃향기와 함께
짝을 찾아가는 하얀 나비
내 머리 위로 날아가네.

모춘은 저리도 마음껏 멋을 부리는데
이 몸 아직도 기다림에 목마르고
가족이란 소중한 인연들
우주에 뜻 깊은 곳에
간절한 기도 드리고 싶네.

화엄사

깊은 잠을 이루지 못하고
밤새 뒤척이는데
어느덧 동이 트는가

화엄사의 종소리
긴 여운을 남기고
슬프게도 내 가슴을 울리네

전생의 업장도
가슴이 무너지는 고통도
뼈골 속 깊이 얼룩진 멍울도
화엄사의 종소리로
흔들어 씻어내리라

골짜기를 타고 흐르는 물소리가
나를 더없이 외롭게 한다.

탑을 쌓아올린 듯 한 겹 두 겹
푸르고 곧은 소나무 이 향기가
내 마음 원망의 소리 잠재운다.

물안개 자욱한 산허리 밑
수정같이 맑은 물
세상의 더러움을 씻어내린다.

어머니 II

어머니
지금 나는 당신의
풀 향기 그윽한 치마폭이
그립습니다.

휘어진 굵은 손마디
밤송이처럼 까시러운 손
당신의 성냄이
나를 아프게 하는 것은
그 성냄이 잠들고 난 후
아궁이 불씨 속에 고이 묻어두었던
고구마 한 알
후후 불어 내게 건네주던 그 사랑

하얀 모시적삼 백옥 빛 당신의 얼굴
자주댕기 틀어 올린
비단 같은 검은머리 속에
반짝이던 금비녀

쪼그리고 앉아 뽑던
은어의 비늘 같은 흰머리조차도

어머니
지금 나는
그 시간을 되돌려 받고 싶어요

어머니
당신을 지금 만질 수는 없지만
내 눈동자에 어머니 모습 있습니다.
그리운 어머니……

Mother II

Mother,
I miss your smelly skirt with
Deep scent of meadow.

Bended knuckles of your hands
Tough fingers and palms like a chestnut shell
A reason that your anger makes my heart ache
Is the baked sweet potato buried in a wood stove
Handed over to me by you,
Blowing on a hot sweet potato and your anger to
    cool off
For me, the love it was.

A white ramie summer jacket,
Your face shined as a white jade,
A purple pigtail ribbon in your braid,

Silky-shined ebony hair, and
Sparkling gold hair-rod

I squat down and pull out
A grey hair of yours like a scale of a sweet fish

Mother,
I want to take back the moment with you

Mother,
I can not touch you but
I have you in my eyes
An irresistible yearning for you, Mother,......

타호 호수를 보며

하늘이 내린 아름다운 자연 속에 하늘과 수평선이 맞닿은 보석 같은 호수와 나무들 그리고 고요함은 마치 다른 세계에 와 있는 듯 삼천 미터가 넘는 산들로 둘러싸인 레이크 타호(Lake Tahoe)는 분명 축복의 땅이었다. 6월의 소나무와 잣나무, 그리고 지천으로 피어 있는 들꽃들을 베개 삼아 인디언이 살았다던 태초의 땅! 깨끗하고 평온한 숨결 속에 나 여기 앉아 있음도 축복인 것이다. 아직도 산골짜기 사이사이 흰 눈이 희끗희끗 남아 있었고 수만 년 세월의 모습도 그대로다. 다만 호수 위로 증기선을 연상케 하는 물레방아 유람선과 숲속의 호텔, 야외 영화관만이 문명의 존재를 알리고 있다. 산중턱에 걸려 있는 좁은 길을 곡예하듯 달리는데, 나는 그 길을 보는 것만으로도 발끝이 저려왔다.

만남과 헤어짐을 인스턴트식품처럼 여기는 까닭일까? 이곳 캘리포니아와 네바다 주의 경계선에서는 기다리는 시간도 없이 결혼과 이혼이 순식간에 이루

어진다. 잔물결 출렁이는 호숫가 솔밭 자연의 땅 위
에서 거짓도 배신도 없는 사랑만 먹고 살았던 그때
의 연인들이 보이는 듯 생생히 그려지고 결국 문명
은 사람에게 좋은 것만은 아니라는 생각을 해본다.
오래전 도박으로 모든 재산을 이곳에서 탕진한 한
국 여성이 절벽에 몸을 던져 죽음의 길을 택한 것도
문명의 독을 가리지 못한 것이 아닐까? 발끝에서 찰
랑이고 있는 맑고 깊은 호수 물을 보며 번잡한 세상
을 비켜와 살고 싶은 충동은 마음을 비운 영혼처럼
차오른다. 하늘이 가까워 보이는 하얀 구름은 덧없
이 흐르고, 물소리와 함께 창작 시절 마크 트웨인이
머물렀음을 기리는 작은 팻말은 그도 얼마나 이곳을
사랑했는지 짐작케 한다. 인디언들의 추억이 깃든
땅을 마음껏 가슴으로 느끼며 출렁이는 강물 위에
옛 그림자 아련히 떠올린다. 자연은 그 시대를 알리
고 끝없이 생명을 주는 가장 소중한 선물이다. 풀숲
하나 밟기도 미안한 이 낙원 같은 곳을 문명을 이유
로 함부로 파괴하는 일이 없기를 빌어본다.

The Heavenly Lake

A lake like a jewel in a nature sent from the heavens touching the horizons shrouded in trees emits a calmness that makes me feel as if I'm in a different world. Surrounded by mountains at an elevation of 3,000 meters, Lake Tahoe is indeed a blessed place. The pine trees of June, and the primordial land where the Indians lived using the wild flowers that bloom everywhere around as pillows! Just sitting here within the clean and calming breath of Lake Tahoe is blessing indeed. There are patches of snow still left in the gorges showing a landscape that has remained unchanged for tens of thousands of years. A tourist river boat floating in the river bringing to my mind an image of steam boat floating, a hotel inside the woods and an open-air theater stand in contrast. Following a narrow path hanging between the open-air theater and the mountain side, the bus running like a circus show makes my feet numb just by looking at it.

Is it because meetings and separations are looked upon as fast-food? But here between the borders of California and Nevada, there is no time for waiting with marriages and divorces happening in a fleeting moment. Within nature's land filled with pine cones on the lakeside where small ripples of water cascade, I can picture clearly as if I'm looking at them now, lovers of that time taking only love as sustenance without lies or betrayals, and I think in the end civilization is not always a good thing for humans. Maybe the reason why some time ago a Korean woman threw herself off a cliff after losing all her fortune to gambling is because she could not distinguish between the poisons of civilization.

Gazing at the clear and deep lake water lapping at the toes of my feet, a compulsion to flee from the trappings of this world comes to me like a spirit that has emptied its mind. Looking at the white clouds that make the sky seem nearer and a signpost letting me know Mark Twain lived here during his creative years, and listening to the flowing water makes me appreciate how much Mark Twain must have loved this place. Past nostalgia casts its shadows faintly on the undulating lake waters as I am filled with emotions of ancient lands from the memories of the Indians. Nature is the most precious gift that lets us know of the past times and provides eternal life. I pray that this heavenly place, which makes me afraid of even stepping on a blade of leaf, is not destroyed for the sake of civilization.